노을 물레

이동백

안동 출신으로 1989년 〈동아일보〉 신춘문예에 시조 「수몰민」이 당선되어
등단했다. 시조집 『수몰민의 낮달』 『동행』, 르포집 『안동의 산촌』을 출간했
다. 경북문학상과 경북문화상을 수상했다.
ldb5072@hanmail.net

노을 물레

—

초판 1쇄 2020년 11월 11일
지은이 이동백
펴낸이 김영재
펴낸곳 책만드는집

주소 서울 마포구 양화로 3길 99, 4층 (04022)
전화 3142-1585·6
팩스 336-8908
전자우편 chaekjip@naver.com
출판등록 1994년 1월 13일 제10-927호
ⓒ 이동백, 2020

* 이 도서는 2020년 경북문화재단으로부터 '코로나19 극복 지역문화예술 창작활동
비'를 지원받았습니다.

—

ISBN 978-89-7944-744-6 (04810)
ISBN 978-89-7944-354-7 (세트)

책 만 드 는 집 시 인 선 1 5 9

노을 물레

이동백 시조집

책만드는집

빛이 비껴 내려앉는 숲속 오솔길과 같이 호젓하고, 노을 스며드는 강 언덕 벤치와 같이 아늑한 시를 쓰리라 했다. 그러나 시라고 쓴 것은 늘 반쯤 허물어진 낡은 의자에 지나지 않았다.

그런 것을 그러모아 묶고 보니, 욕심이다 싶다. 그러나 어렴풋이나마 마음의 무늬가 어디쯤에 머무는가를 가늠해 보고도 싶었다.

－2020년 11월

이동백

| 차례 |

1부 더러는 아득하고
더러는 따스하고
더러는 부드럽고
더러는 서슬 푸르고

2부

빗물이 내려앉은
꽃으로 손을 씻는다

3부 눈망울에 오래된 그리움 하나 '쿵' 하고 떨어졌다

4부 엑조티시즘에 헐렁하게 젖어 사진 몇 장 남기고

5부 지구가 찢기는 소리 쿵쿵 울릴 것이다

1부

더러는 아득하고
더러는 따스하고
더러는 부드럽고
더러는 서슬 푸르고

하늘의 무게

오동잎
스치고 가는
바람이
크다 싶어

그리운
빛을 쫓아
먼 데를
우러르니

하늘은
무심히 넓어
무게가
없었다.

나 이슬에 젖고 싶다

밤새
내린 이슬
그 이슬의
무게에
연잎 위로
연꽃 져서
연잎이
꽃 피웠다
꽃으로
필 수 있다면
나 이슬에
젖고 싶다.

나이를 갈다

늙은 칼을 갈다 보면
칼은 젊어지더라.

내가 살아낸 나이
혼을 새워 갈아서

주름진 나이의 껍질을
벗겨내고 싶어라.

숫돌

댕강댕강 어둠의 목이 잘려 나가는 사이
숫돌 위에서 달빛이 날카롭게 갈리는 걸
나 홀로 바라보는 일
무심스러울 수 없다

마음은 무겁거니 몸은 외려 가벼워
세상에 남아 서서 살아내기 아득하니
숫돌에 가슴에 슨 녹
말갛게 갈고 싶다

삶의 자리

더러는 아득하고
더러는 따스하고
더러는 부드럽고
더러는 서슬 푸르고
먼 훗날
내 삶의 자리에서나
내 죽음의 자리에서나

때로는 웃고
때로는 그리워하고
때로는 사랑하고
때로는 슬퍼하고
마음속
어디쯤에서나
그 바깥 어디쯤에서나

마음의 무게

영원의 어느 숲길을 동행했을지도 모를
참꽃 어린 꽃잎을 만나고 돌아오던 날
햇살이 내 야윈 그림자 엄혹하게 흔들었다.

별들이 고드름처럼 얼어 하늘에 매달렸던가
문득 그 흔들림은 불면의 밤을 찾아들어
내 늑골 깊숙한 곳에 불지 못할 바람을 새겼다.

영원의 어느 길목에서 원수였을지도 모를
내 껍질에 내가 싸여 어둠의 숨소리 듣는데,
마음은 구멍 숭숭 뚫려 귀를 열 수 없었다.

외로움은 없다

바람도 서성이다 떠나버린 땅 위에
나무가 오래오래 제 그림자를 짓는 것은
어느 날 문득 찾아든
외로움 때문이다.

세월의 흔적들이 깊게 묻은 바람벽에
열적게 그대에게 편지를 쓰는 것은
세상을 품에 안고 드는
푸른 달빛 때문이다.

자기 안에 성을 쌓는 사람들 바라보며,
앞산이 뒷산 그림자 제 몸에 누이는 것은
해맑은 둥지를 트는
메아리 때문이다.

하루의 인생

친구와 나눈 별 뜻 없는 이야길 버리고
주머니에 헐렁하게 빈손 하나 꽂아 넣고
시월의 젖은 밤길을 혼자서 걸었다.

우산 속으로 들어와 어깨를 안는 어둠이
장갑처럼 따스해서 세상이 아늑했다.
좋아서 가던 길 멈추고
그 어둠을 만져봤다.

집에 이르러 대문에 열쇠 꽂아 돌릴 때,
'딸깍' 하고 열리는 대문 앞에서 우산을 접고
어둠과 기약하지 않고
결별을 선언했다.

어깨에 내려앉은 빗방울을 뜯어낸 후
몸을 구겨 방 안으로 훌쩍 던져 넣었다.

이렇듯 하루치의 삶은
사소하게 깊어갔다.

가을

모퉁이 길
굽이돌아
가을 찾아
나섰더니
잘 익은 볕이
갈대 위에서
가을을
흔들어대는데
감 하나
지구 중심에
되똑하니
앉았다

중력

1
그대에게 걷어차인
옆구리가 서러운 건
그대와 나 사이
아득해서가 아니다.
토란잎
위에서 섞이는
물방울 둘 때문이다.

2
그대가 내 그리움을
툭툭 쳐내던 날
마당으로 들어서는
달빛을 바라보며
빛에도
무게가 있다는 걸
뜨겁게 느꼈다.

그림자

지상은 비탈이어서
비스듬히 살아냈다
가도 가도 쑥구렁 길
온통 삶은 헐었다
오로지 목숨 지켜낸 건
희미한 그림자뿐이었다.

구름처럼 흐르는 삶이
무거웠던 뜨내기는
바람 시린 달밤에 만난
물 앞에서 머뭇거렸다
그림자 몸을 이끌고
찰방찰방 강을 건넜다.

고요

불법을 닦다 말고 열반에 든 스님 등에
나뭇잎 그림자 몇 면벽수행 중인데
범종은 소리를 얻어 먼 청산을 열었다

부처님 미소에 사바의 죄업 맡겨놓고
절집 꽃문살 무늬 눈으로 스캔하는 사이
나그네 가슴 안으로 들어앉는 적멸보궁

이순의 연기

젊은 날엔
하늘로
솟구치는
연기 우러르며
이뤄야 할
꿈 때문에
그러려니
믿었다.

이순엔
그저 우두커니
바라다볼
뿐이다.

바람의 질투

어둠의 미늘들이
설레는 대숲에다
노을 펼쳐 늙음을
시늉하는 하늘 곁에서
태화강 댓잎의 목을
쟁강쟁강 쳐내다가
지상의 가장 낮은 집
금이 간 창틀에 걸린
마지막 남은 희망을
밤늦도록 앗은 바람을
별들이 서슬 푸르게
지켜보고 있었다.

2부

빗물이 내려앉은
꽃으로 손을 씻는다

어떤 대화
– 나이를 염색하고 싶다

1
나무는 왜애 죽어?
네 살배기가 물었다.
대답이 궁한 나머지
죽으니까 죽었지,
아니야
여름 온 걸 모르고
푸른 옷 못 입어서야.

2
머리에 물들일라우?
아내가 물어 왔다.
마음이 심드렁해서
오달지게 까맣지 않게,
아니야
삭은 나이나
새파랗게 염색해 주셔.

꽃으로 손을 씻다

아내와 잡초를 뽑으러
꽃밭에 나가 앉는다.
덩달아 사향제비나비
봉숭아꽃에 깃 접는다.
구름이 여우비 몰아
금세 지나간 뒤다.

사향제비나비 향기처럼
웃어대는 아내 곁에서
빗물이 내려앉은
꽃으로 손을 씻는다.
젖은 손 넘치도록 가득
꽃들이 피어난다.

손등에 피어난 꽃
아내가 뜯어내다가

나에게서 꽃 냄새
깊게 난다고 전해 올 때
내 가슴 깊은 곳에선
무지개 한 채 떴다.

작은 사랑

새소리를 흉내 내어 작은 새 불러보지만
산수유 붉은 유혹에 홀딱 넘어가선
부리에 그것을 물고
꽁지를 살랑댄다.

부리에 문 열매가 입술연지 같아서일까,
저만치서 찍찌르르 메시지가 날아오자
알았다 시늉하면서
팔랑팔랑 날아간다.

산수유 붉은 열매로 입술연지 바른 뜻이
마음살에 어렴풋한 부러움으로 다가드는 건
사람의 그림자 하나
가을빛에 쓸쓸해서다.

작은 새가 산수유나무로 뜨내기 새 데려온다.

뜨내기 새의 부리에도 입술연지 옮았는데,
보란 듯 부리 마주 대고
사랑의 무늬 그린다.

굴

누군가 남편 위해 노을 진 갯벌 굽나 보다
갯벌이 지짐으로 익어 식탁에 차려지고
허기로 타오르는 눈엔 바다가 흥건하리.

아내는 굴을 집어 임의 마음에 올려놓고
남편은 임의 뜻을 길어 올려 먹으리.
굴들은 살신의 아픔을 까맣게 잊고 말지니.

고단했던 하루를 닫아걸고 마주 앉아
굴 지짐을 나누는 뜨거운 가슴 곁에서
밤새워 서해의 파도 해말갛게 부서지리.

고등어

돌다리 건너오는 아버지의 마음자리엔
고기 굽는 내음새 하마 묻어있어서
하늘로 들어선 노을
숯불처럼 피어났다.

비쩍 마른 고등어 한 손
아버지의 손에 들려
생각에 잠긴 듯이
시나브로 멈칫거렸다.
아들은 장 마중 길을
지퍼처럼 열어젖혔다.

고등어의 눈알을 아들에게 먹인 아버지를
아들이 그날 밤 꿈속에서 다시 만날 때
푸지게
고등어 눈알 같은
별똥별이 비껴 내렸다.

식욕 2

삼강나루 고갯마루로 낙동강을 보러 갔더니
강물 위로 햇빛 가루 좌르르 쏟아져 내려
일제히 물에 볶이어
껍질들을 벗었다.

어지간히 입맛을 돋우는 게 아니어서
볶이는 한 모서리를 프라이팬에 옮겨 담아
노을이 낚아채기 전에
뜯어 먹고 싶었다.

봄처럼 돋아나고 싶다

별들이 따스하게
돋아나던 다음 날

눈길을 걷던 봄이
하늘가에 돋아났다

포개진 세월을 뚫고 나도
봄처럼 돋아나고 싶다

그 여름의 쇠별꽃

별똥별이 내려앉은 자정 무렵 빈 의자 위에
변방의 하루 견뎌낸 노숙객이 몸을 뉘었다.
그 숨결 너무 고독해서
이 도시가 고요했다.

가랑잎처럼 가벼워진 그의 삶 받아 눕힌
신문지가 미풍에 희미하게 흔들린 건
세상의 강 건너다가 혼을 잃은 탓일까.

먼 지구에 떨어진 별똥별의 외로움보다야
내 삶이 쓸쓸하겠냐며 헛헛하게 웃음 지을 때
그이는 문득 쇠별꽃으로
피어나고 있었다.

어느 결별의 밤에

눈 내리는 소리가 어깨에 부딪혔다.
낡은 박스 덮어쓴 웬 남정네 지나가며
우산을 접어 든 나를
우두망찰 바라봤다.

어느 집 대문 밖에선 내린 눈을 굴려
작은 공을 만든 이가 붉은 뺨의 소녀였던가.
눈발 속
달이 뜰 것도 같아
하늘로 차고 싶었다.

장갑에 묻은 눈을 털어내던 현관에서
가로등 불빛들이 얼핏얼핏 스러졌다.
결별의 하얀 차가움에
깊은 밤이 곤추앉는다.

눈사람

수천의 엽신들이
아득하게 날아왔다.
태초로부터 띄우고도
남은 메시지가 있나 보다.
무얼까,
생각하다가
까무룩 잠이 들었다.

먼 곳에서 얼음이
'쩡' 하고 깨어진다.
문 열고 얼핏 보니
아, 눈사람이 살쪘다.
깨어서,
밤은 하늘을
깊게 썰어냈으리.

해동, 그 무렵

북으로 불고 가는 바람 편에 실려서
겨울이 쓸쓸하게 떠나버린 골짜기로
철 이른 햇볕 내려와
하늘 환히 열어준다.

물소리가 은밀하게 몸 부풀리는 기미에
얼음장 깊은 곳에선 마음 설레는 것들 있다.
그 설렘 일어나도록
얼음들은 깨어진다.

생명을 지켜낸 풀씨 그 어렴풋한 들먹임에도
양지 녘 언 땅들은 제 몸을 찢어낸다
찢어낸 틈을 길게 열어
풀씨의 숨 틔워준다.

갈채

가슴에 감동 하나씩
명패처럼 붙이고
객석을 떠나면서
사람들은 히플 턴다.
좌르륵
쏟아져 내리는
갈채, 갈채
갈채들

막이 내려진 후
어둠 속에 갇히는 건
어릿광대의 웃음 몇과
관객이 남긴 박수 몇
열광은 팝콘처럼 터져
부스러기만 남긴다.

삶보다 극은 곡진한데
영광은 기억으로 남아
텅 빈 무대 위에서
껍질들을 벗겨낸다.

섧도록 타오르지 못한
갈채는 참 고독하다.

빛으로 가는 길

늦가을 장미처럼 삭은 한이 남은 건
하늘에다 깃대 하나 꽂아두기 위함인데
어느 날 빛이 먼저 와서 깊이깊이 펄럭였다.

그 빛이 선명해서 남은 한을 풀어내어
길을 내기로 했더니 아득히 멀기만 했다.
마음은 벌써 몸이 달아 하늘로 가 일렁거렸다.

펄럭이던 빛 문득 마음으로 다가와
아프도록 어두운 데를 해맑갛게 비춰서
살아서 기울던 날들 한 뼘쯤 일으켜 세웠다.

바람의 우체통

산새들 지나가며 이따금씩 기웃거릴 뿐
우체통은 바람벽에 삐딱하게 붙어서
온종일 기다려보지만 집배원은 오지 않았다

겉봉이 뜯기지 못한 오래된 편지 위에
숲을 뚫고 나온 빛이 얼룩을 남기는 사이
바람이 몇 가닥의 빛을 우체통에 꽂았다.

꽂힌 빛을 뽑아버리고 하늘 너머로 밤이 오면
별 틈으로 스며들어 펄럭이던 어둠들
날 새워 우체통으로 바람을 배달했다.

지진 이후

난데없이
창밖이
흔들리는
서슬에
다시
지진인가 싶어
마당으로
나가 서니
바람이
어둠을 데리고
먼 별로
가고 있었다

그루터기의 독백

내 살아 바위 끝에 소나무로 푸르렀다
썩은 너희를 만나러 발을 뻗어 바위를 뚫었다
하여서 신바람으로 한 세월 우쭐거렸다.

우쭐거림도 영광이어서 그루터기로 남기로 했다.
갈라진 땅바닥으로 그렁그렁 비 내리거든
이끼여, 내 몸에 붙어 눈부시게 피어나렴.

신바람에도 녹슬어 깡그리 썩기로 했다.
진눈깨비 흩날려 살갗을 파고들거든
벌레여, 내 몸 안으로 뜨겁게 스며들렴.

3부

눈망울에 오래된 그리움 하나
'쿵' 하고 떨어졌다

마당

해마다 아버지는 마당을 바르셨다
황토가 깔리는 날은 가을볕이 참 좋았다
흙 위로 갈퀴 같은 손이 수천 번 지나갔다

마당에는 즐목문토기가 어설프게 그려졌다
숨길 수 없이 흉해진 아버지의 손금이었다
그 손금 우묵한 곳으로 푸른 별이 쏟아졌다

내 발자국 커가는 걸 받아낸 마당 위에서
아버지는 긴 세월을 거칠게 살아냈다
마당은 구부정하게 살아온 아버지의 목숨이었다

아버지가 미웠습니다

아랫도리를 내리고 내민 엉덩이가 미웠습니다.
몸속으로 퍼져나가는 관장약을 느끼며
드러낸 아버지의 웃음이 비열해서 미웠습니다.

하얗게 비늘들이 깔린 방을 쓸다가
빗자루를 내던지는 아들을 바라보던
아버지 슬픈 눈빛이 소름끼치도록 미웠습니다.

손끝으로 전해오던 그 희미한 맥박이
이승에서 마지막 남긴 숨결인지도 모르고
불면의 밤을 보내게 한 아버지가 미웠습니다.

한 줌으로 썩어버린 아버지의 유골처럼
세월 따라 그 미움도 썩은 줄 알았습니다.
오늘은 당신이 그리워
그 아들이 밉습니다.

어머니의 얼레빗

우연히 기억의 창이 열리는 날도 있어
옛날의 그 처마 끝에 낮달이 일렁이고
빈 가슴 허망히 내놓은 어머니도 비춰든다.

빈 가슴에 기대어 칭얼대는 아기 곁에서
어머니는 얼레빗으로 머리만 빗을 뿐이어서
지나던 바람도 하릴없이 마른 먼지를 일으켰다.

어머니는 어머니의
어머니의 제삿날에도
낡은 얼레빗으로 머리를 빗다 말고
먼 산을 바라보던 눈엔 낮달이 고여들었다.

시간이 바람에 날려 우주를 동여매는 동안
어머니의 얼레빗은 마음살에 스몄다가
삭아서 푸른 화석으로 서럽도록 돋아났다.

노을 물레

어머니 서역 먼 길 떠나신 지 사십 년
황혼은 추녀 너머 아스라이 짙어오는데
그 세월 돌아보나니 갈피마다 한이어라

어머니 가신 그 길 우두커니 우러르니
살쩍 여며가며 자으시던 물레이던가
저녁놀 고운 빛들이 그걸 한 채 짓고 있다.

어머니 하늘 다락에 나붓이 나와 앉아
실꾸리 두툼하게 물레를 자으시는가
구름이 해님 굴레에 시나브로 감기고 있다

몽당연필

주운 몽당연필로
'어머니'라 써본다.

글자 속에서 먼 옛날이
문득 걸어 나왔다.

연필 쥔 손톱반달에
어머니 눈썹이 떴다.

오래된 동무

모퉁이 카페에서 오래된 동무는
덥수룩하게 기른 수염에 주름을 숨기며
너도 참 많이 늙었다며 헛헛하게 웃었다.

세월 속에 잊었노라 무심스레 말 걸어오며
창 너머 먼 하늘을 들여다보는 눈망울에
오래된 그리움 하나 '쿵' 하고 떨어졌다.

내 차가운 손에 잡힌 동무의 손 따스해서
사십 년 만의 해후가 젊은 잎처럼 풋풋했다
노을도 가던 길 멈추고 낡은 옷을 벗어 들었다.

안경

홀로 깊어가는 밤
우연히 안경 속에서

유년의 겨울 언 강에
노을 깔아 썰맬 타는

소년의 마른 어깨가
아슴아슴 걸어 나왔다.

쥐똥나무 울타리

쥐똥나무 꽃 이우는
울타리 너머에선
밤늦도록 소쩍새가
풀잎처럼 울어댔다
살가운 초가 툇마루엔
달이 잠시 머무는데

병아리와 별빛에게도
족제비와 바람에게도
울타리는 샛길을
무심히 내어주나니
까맣게 쥐똥나무 열매
익어 고운 가을날엔

먼 날

가을
플라타너스 길에
아스라이
고독이 진다.

그 어느
오래된 날
버리고 온
그림자 길에

지금도
시퍼렇게 남은
고독의 녹
너무 깊다.

우체통을 추억하며

아마 신을 찾아 떠나던 날이었지 싶다
이미 신은 떠나고 산 그림자만 적막해서
허망을 동행으로 삼아
지상으로 잠겨들었다.

그 지상에 발길 닿기도 전에 만난 것은
전봇대에 매달린 몇 채의 우체통이었다.
그 또한 가슴 비운 게
떠나버린 신 같았다.

빈 봉투처럼 몸은 비어서 꽂아줄 수 없거니
외려 마음 무거워 채워두고 싶었지만
뒷날에 채울 편지 있어
마음 거둬들였다.

나루터의 달

미루나무 숲길 속으로 어둠이 들어서고
빈 배 한 채 물결을 받아내는 나루터
길손은 뱃전에 걸터앉아 사공을 기다린다.

사공은 용골을 강으로 밀어 넣고
휘파람 길게 불고 무심한 듯 노를 젓는데
어둠을 들치고 나온 달 물길을 틔워준다.

이윽고 강을 떠나 하늘로 올라가는 달
배를 돌려 그 물길 가늠하는 사공에게
빈 배에 빛 실어주며 작별의 손 흔든다.

물 나이테

항생제 같은 삶의 껍질 짊어진 쉰 막바지에
간이역 지붕 밑에서 눈 녹은 물을 만났다.
그 물은 자신의 깊이를 가늠하느라 여념 없었다.

박새 다녀가며 남긴 발자국이 마르는 사이
시나브로 살을 뜯어 원을 그린 모양이다.
물에도 나이테가 있는 걸 나는 그때 알았다.

그 살의 두꺼운 데만 뜯어내어 지은 나이테로
세월의 가장 마른 곳을 암팡지게 동여맨다고
바람이 강을 건너며 우렁우렁 전했다.

4부

엑조티시즘에 헐렁하게 젖어
사진 몇 장 남기고

차마고도 1
– 설산의 빵차* 운전기사

그것의 날카로움이야 무사의 칼끝에
잠시 이는 바람에 묻은 한 점 빛이거나
허공을 쪼개고 드는
어둠 속 별똥별이거나

하여튼 가파르기 이를 데 없는 산인데
차마고도로 가는 스물두 굽잇길을
빵차를 날려버리듯
몰아대는 운전기사

설산 껍질에 붙은 천 길 그 낭떠러지보다
빵차의 그 속력보다 섬뜩하기 가당찮은 일은
기사가 단속하지 못한
구린 입 냄새였다

* 차마고도가 시작되는 호도협과 중도객잔(윈난성 리장 하바설산 중턱
에 위치한 마을) 사이에 운행되는 봉고형 작은 차.

차마고도 2
—중도객잔의 꽃과 사람

설산은 날개 곧추세워 승천하는 중인데
그 날개에 들꽃 하나 간당간당 붙어서
마방馬幫의 목숨 끌어내어
길을 내고 있었다.

설산을 에워 두른 구름 그림자 밀어내며
들꽃이 낸 길 따라 마을로 들어가니
남자가 늙은 여자 곁에서
파이프를 물고 섰다.

서로 등 마주 대고 따는 열매가 무엇이냐니까
부부는 소리를 모아 '꽈조'*라며 웃었다.
입 속의 그 누런 웃음
들꽃만큼 맑았다.

* 산초 비슷한 중국 향신료의 하나인 화자오花椒.

두만강에서

가을이 두만강 건너 남녘으로 가는 걸
북간도 끄트머리에서 바라보는 마음을
지구를 멀리 돌아온 태양이 어찌 알까

산하는 한결같아 세상을 품었거늘
사람은 뜻이 달라 겨레를 갈랐거니
길손이 내딛는 발길에 국경선이 걸려든다.

지금 두만강은 탁류로 흐르거니
겨레를 단 하나로 동여매지 못할 양이면
그날이 오는 날까진 흐리게만 흘러라.

사막의 별

밤을 새워 고비사막에 팔월의 비 내렸다
낭창낭창 게르 위를 밟고 가는 빗소리
별에도 사랑 있거니, 저리 서로 속살거리겠지

초원에 고개 내민 양귀비꽃 젖은 귀에다
별들의 사랑 얘기 들려주고 걷다가
발길에 걸린 지평선 빗속에서 바라보았다

그러한 아침일 뿐, 그건 정말 우연이었다
모래펄 사이에서 잔돌들이 반짝이더니
이윽고 수천의 별로 솟아오른 게 말이다

수이푼강* 가에서

이상설의 유허비가 거기 있었던가
한 줌도 되지 않는 애국심이 남사스러워
흐르는 강물에 감탄사 몇 붙여줄 뿐이었다.

엑조티시즘에 헐렁하게 젖어
사진 몇 장 남기고
기행문 쓸 요량으로
수첩에 몇 자 끼적인 후
이만한 여행도 없어 하며
어깨에 힘을 실었다.

버스에 올라앉아 사진 속 비문을 읽고
수이푼강에 뿌려진 유골의 내력 알았을 때
찬 바람 난데없이 불어
가슴을 쓸고 갔다.

* 러시아 연해주에 있는 강. 이 강에 독립운동의 지도자 이상설 선생
의 유골이 뿌려졌으며, 이 강가에 선생의 유허비가 서있다.

늙은 길

늙은 길은 외진 모퉁이가
싫지 않나 봅니다.
구절초 하나 찾아들어도
몸을 열어 반깁니다.
그러다 심심한 날이면
숲이나 들여다봅니다.

늙은 길은 걸어온 삶이
사랑인가 봅니다.
나그네의 핏줄에서
따스함을 느낍니다.
그러다 외로운 밤이면
달빛 소복 쌓습니다.

늙은 길은 슬퍼할 일
하나 없나 봅니다.

장대비 후려쳐도
몸만 적시고 맙니다.
그러다 시간이 흐르면
몸에 고랑 몇 냅니다.

빛의 가시

이 가을날의 햇살이
빛의 가시로 변하여
내 마음의 옆구리를
생각 깊게 찔러버리자
살아온 날의 두께만큼
쌓은 죄가 부끄러웠다.

일몰의 바다 수평선에
깔려 든 빛의 가시를
섬찟하게 후려치는
어둠을 바라보며
세상이 아프다는 걸
눈부시게 깨달았다.

매안마을*에서

살얼음 소살거리는 날
길손의 빈 가슴속을
일만 겹으로
칭칭 감아 돌다가
바람의 가장자리에서
서성이는 임의 넋이여.

노적봉 그리매
청호 맑은 물에 뜨는데
지명에 이르도록
혼불 더불어 살다
먼 서역 가는 그 길이
아득해서 서러워라.

* 최명희 소설 「혼불」의 배경 마을.

분천역에 가서

설핏해진 해 속으로
기차가 다다른 뒤
사람 몇 그림자 끌고
바람처럼 사라지면
분천역 가녘에 홀로 뜬
낮달이 맑다 한다.

공연히 욕심으로
마음 아파지는 날
기차에 빈 몸 싣고
분천역으로 가서
그 위에
말갛게 떠서
낮달과 놀고 싶다

마라도

마라도에 가선 가슴을 달구진 말자
무심한 눈빛으로 바람이나 쐴 일이고
욕심이 일어나거든 대양이나 바라보자

바람이 큰소리 한번 치고 가는 섬
엉겅퀴 마음 놓고 지천으로 피는 섬
사람아,
마라도에서
가슴 그리 달구진 말자

마타리꽃

– '소나기마을'에서

먼 저승 가는 길에 소나기 내리거든
우산처럼 받쳐 쓰라 소년은 소녀에게
마타리 노란 한 묶음
가슴에다 안겨주었습니다.

마타리 꿈을 꾸던
그 새벽녘 소녀가
차려입은 삼베 적삼엔
소년의 흔적 남았더랍니다.
소녀는 그 흔적 사려들고
아슴아슴 떠났더랍니다.

먼 저승 가는 길에 소녀는 소년 생각에
가슴 안에 품었던 꽃, 꽃비로 뿌렸습니다.
소년은 꽃비 맞으며
하늘가를 서성거렸습니다.

소백의 소리를 밟다

뜻 없이 나선 길이 소백의 골짜기였다.
가던 길 쓸쓸해서 얼음 위로 들어서니
소백의 깊은 소리가 발밑에 밟혀왔다.

소리는 여윈 나를 들었다가 놓았다
그 서슬에 아롱지듯 떨어지는 나목의 눈을
고독이 가슴 열고 나와 우두커니 맞고 섰다

풀어내지 못한 고독 짊어지고 하산할 때
얼음 깨뜨리고 우화한 소백의 소리
비로봉 먼 다락으로 달각달각 승천했다

학가산 단상

1

우리 사는 마을에 바지랑대를 세운다면
학가산을 훔쳐 와서 나는 세우고 싶다.
구름을 받치고 선 품이 참 맑은 까닭이다.

2

학가산 그리매에 묻히는 메밀꽃을
거늑하게 바라보며 욕심 하나 주워 들었다.
그리매 그 깊은 곳에 꿈 한 채 지으리라고.

3

눈발 더러 날리는 국사봉 큰 바위에서
친구가 건넨 커피 향은 짙은 사랑 같았다.
그날 그 물결치던 마음 전설처럼 새겨두리.

5부

지구가 찢기는 소리
쿵쿵 울릴 것이다

비

하느님이
푸른 칼날로
구름을
깎는다.

구름이
가늘게 깎여
문득
연필이 되어

지상에
동그란 소리를
자작자작
쓰고 있다.

봄비

'똑똑'
적막한 집에
바람 소리인가
싶어서

창 열고
내다보니
소리는
간데없고

봄비에
꽃눈 튼 매화
눈을 닦고
있었다.

비꽃

생각 없이 겨울이
비를 지어 뿌렸다.
가지가 비었어도
나목은 외롭지 않은 건
가지에 다이아몬드빛
비꽃 폈기 때문이다.

그 가슴 비록 작아도
겨울나무 끝에 매달려
지구 둘레만큼 큰
마음을 그 안에 둔다.
이 비꽃 넓고 깊어서
사랑할 수 없어라.

비 그늘

팽나무 머리 위로 비 내리는 봄날이었다.
햇살이 지은 그늘 하얗게 남겨지고
팽나무 태두리 밖으로
비 그늘 내렸다.

죽순처럼 열기가 돋아나는 여름날이었다.
더워서 헉헉대는 수분 칠 할인 몸으로
비 그늘 수천을 맞는 꿈
땡볕 속에서 꾸었다.

단풍 비에 젖다

가을 구름 두꺼워 바지랑댈 세울까 싶어
모퉁이 길을 돌아 우산 들고 나섰더니
까마중 열매 위에서
가을비가 까맣게 탔다.

동행한 비의 속닥임에 마음을 맡겨둘 무렵
누군가 느닷없이 말을 따고 들어와
우산이 비에 젖어드는
까닭을 물어 왔다.

누굴까 하는 순간 우산 안을 쏘아보는
비에 젖은 눈동자가 바람결에 느껴졌다.
저만치 단풍잎 하나
가슴에 툭 떨어졌다.

꽃샘바람

긴 겨울에 닳은 바람이
꽃나무에 와서 걸리더니

햇살의 등덜미를
후려치고 가버린다

아침 녘
피어나다 만
매화 향기가 차갑다

아픈 봄날

봄날이 아프거든 빈 몸으로 들에 나가
지축이 울리도록 땅을 밟아보라,
지구가 찢기는 소리
쿵쿵 울릴 것이다.

몸을 찢는 내 하루는
아픔이 아니라고
슬픔보다 행복이라고
견뎌내는 내 힘이라고
겨울을 건너며 다스린
내 소슬한 떨림이라고

제 몸을 찢어내며 지구가 말해 올 때
지축이 울리도록 땅을 밟고 서서
그 아픈 봄날을 위해
가슴이나 찢어보라.

가뭄

오랜 가뭄 끝에
밤비 내린다.
친구와 걷는 길에
우산을 펴지 않은 건
젖어서
머리 위에 뜬
하늘 때문이었다.

소주 한잔 끝에
거리로 나섰다.
비 내리던 그 궁창에
발광하듯 별이 떴다
평생에
별이 염치없이
보인 것은 처음이었다.

숲길에서

더러는 그래 더러는
슬퍼해 볼 일이고

홀로 걷는 숲길에서
허전해 볼 일이다

유월의 신갈나무 잎들
웅성대는 한때는.

지상에 팽팽하게
깔리는 빛의 얼룩

그 얼룩 꼭꼭 찍어
밟아도 볼 일이고

밟혀서 터지는 빛의 소리
들어볼 일이다.

복사꽃

그믐달도 구름 속으로 의뭉스레 숨은 새벽
길어 올린 물동이에 눈썹을 비춰 보며
지난밤 꿈에 젖어드는 홀어미 마음 같은

가슴 안이 웅숭깊은 뱃사공 작은 집의
어리고 미쁘고 앵돌아지듯 야릇하게
옷고름 반쯤 풀어 헤친 첫날밤 신부 같은

지구가 바람나다

하늘의 아랫도리에
노을 물이 든 걸 보고
매운바람 지나가며
지구를 쥐어박았다.
마침내
지구가 바람나서
어깨를 들썩였다.

달빛과 귀뚜라미

귀뚜라미 울음을 달빛이 들어주었지만
그가 우는 까닭을 실은 달빛은 몰라서
환하면 그저 환하면
되는 줄 알았다.

귀뚜라미는 그 빛이 싫어 풀숲으로 스며들어
이슬에 흠뻑 젖도록 몸을 갈아 울었다.
사랑은 어둠으로 오리라
그리 믿은 까닭이다.

귀뚜라미의 마음을 마침내 안 달빛은
아침이 오기 전에 제 빛을 거둬들였다.
그 마음 깊고 고와서
귀뚜라미도 침묵했다.

개미와 마당

죽어서도 완강한 큰 지렁이를 물고
사투를 벌이던 마당에서 개미는
어쩔까 어쩔까 하며
작은 원을 그려댔다.

그러다가 다시 다리에 힘을 실어보지만
주검은 자신의 몸에 빗장을 지르고 만다.
마당이 보다 못해서
개미 다리를 잡아주었다.

비로소 눈썹만큼 꿈틀거리던 죽은 것이
이틀 후엔 내 키만큼 자리를 옮겨 누웠는데,
개미는 원을 그리다 말고
주춤거리는 중이었다.

호숫가에서

무심히
백로 한 쌍
먼 하늘
건너는데,
닿지 못할
호숫가를
서성이는
버들 숲처럼
나 지금
임에게 가는 길
가파르고
멀어라.

장미 호수

장미가 지은 이슬 호수에
사람이 몸을 비춘다.

문득 사람 밀어내고
해님을 품는 호수

어쩌나
사람보다 더한
맑은 물빛의
저 욕심을

심층적 사유와 기억이 건네는
정형 미학의 한 정점

유성호 문학평론가·한양대학교 국문과 교수

1. 완미한 고독으로 빛나는 미학적 성층

이동백의 시조는 전형적인 언어경제학과 건강한 삶의 투시, 그리고 애잔한 서정성을 결속한 다양한 미학적 장場으로 다가온다. 그 안에는 퍽 다채로운 사연과 소재와 어법이 자리하고 있으며 심층적 사유와 기억이 중층적으로 겹쳐있어서, 우리로 하여금 정형 미학의 한 정점을 만나게끔 해준다. 이처럼 그의 시조는 서정시가 가닿을 수 있는 함축 미학의 극점을 여지없이 보여주면서, 일정한 형식과 율독적 배려를 통해 정형 양식으로서의 정체성을 견고하게 지키고 유연하게 확장해 간다. 그렇게 시인은 형식적 제약을 감내하는 한편 새롭고도 기억할 만한 해석과 감각을 창의적으로 보여주는데, 이러한 감각과 실천에 적실히 부응한 결과가 이번 시조집이 아닐까 한다.

훌륭한 서정시는 예리하고도 개성적인 상상력을 통해 우리 일상에 편재해 있는 불모성을 치유하고 새로운 신생 가능성을 꿈꾸게 해준다. 이동백 시인은 사물에 대한 섬세한 재현을 통해 생명의 활달한 운동을 보여줌으로써 시조 역시 오랜 기억을 통해 생성의 활력과 가능성을 증언하는 서정 양식임을 환하게 일러준다. 우리는 이러한 사유와 감각이 그려낸 심미적 파문과 함께 아득한 존재의 근원으로 흘러가게 된다. 그 흐름 안에 상상력을 매어 고독한 삶을 지탱해 가는 것이다. 이동백 시인은 그 길 위에서 정형 미학의 성층成層이 완미한 고독으로 빛나는 순간을 노래한다. 그렇게 심층적 사유와 기억이 건네는 정형 미학의 한 정점을 만나보도록 하자.

2. 격정의 손길을 담고 있는 명인의 사유

이동백 시인은 세계의 심연에 가닿고자 하는 격정의

손길을 담은 시편들을 통해 명인名人만이 거느릴 수 있는 사유를 잘 보여준다. 이러한 방식은 현상 너머에서 삶과 사물을 바라보고 해석하는 그만의 따뜻한 시선을 담아가게 해준다. 그만큼 그의 언어 안에는 흉내 내기 어려운 예술적 역량과 시선이 매개되어 있고 또 거기에 육체를 부여하는 장인匠人으로서의 개성적 의장意匠이 단단히 담겨있는 것이다. 고도화한 절제와 함축의 원리를 통해 세계의 상像을 풍요롭고도 아름답게 보여주는 이동백의 시조는, 서정시가 다양한 요소들이 일정한 언어적 긴장 안에 배치된 미학적 구성물임을 알려준다. 그래서 그의 시조를 읽는 이들은 그 어느 쪽에도 치우치지 않는 균형 감각을 느끼면서 팽팽한 긴장을 통해 자신이 열망하는 삶의 형식에 대한 통찰로 나아가게 된다. 이동백 시인은 이러한 과정을 '시간'에 대한 면밀한 사유로 보여주면서 그 안에 존재론적 신비와 그리움을 부여해 간다. 이때 '시간'은 자연스럽게 지금의 삶을 돌아보는 더없는 매재媒材가 되어준다.

오동잎
스치고 가는

바람이
크다 싶어

그리운
빛을 쫓아
먼 데를
우러르니

하늘은
무심히 넓어
무게가
없었다.
　　－「하늘의 무게」전문

　'하늘의 무게'를 노래하고 있지만 이 작품 안에 실질
적으로 담긴 주요한 형질은 정작 '시간'이다. 가령 "오동
잎/ 스치고 가는/ 바람"이나 "그리운/ 빛"은 모두 시인으
로 하여금 먼 데를 우러르게끔 해준 시간의 흐름을 담고
있다. 그때 비로소 하늘이 무심한 넓이와 함께 전혀 무게
를 느낄 수 없는 가벼움으로 시인을 감싼다. 그러니 자연

스럽게 '하늘의 무게'는 우리가 온몸으로 맞아들이는 시간의 흐름이 물질성을 부여받은 형상이 되는 셈이다. 이처럼 이동백 시인은 "지상에 팽팽하게/ 깔리는 빛의 얼룩"(「숲길에서」)을 통해 "빛에도/ 무게가 있다는 걸/ 뜨겁게 느"(「중력」)끼는 감각을 가지고 있다. 결국 이 작품은 시인의 이러한 사유가 공간의 최대치인 '하늘'의 은유를 빌려 가장 근원적인 시간의 그리움을 은은하게 노래한 결실인 셈이다. 다음은 어떠한가.

　　댕강댕강 어둠의 목이 잘려 나가는 사이
　　숫돌 위에서 달빛이 날카롭게 갈리는 걸
　　나 홀로 바라보는 일
　　무심스러울 수 없다

　　마음은 무겁거니 몸은 외려 가벼워
　　세상에 남아 서서 살아내기 아득하니
　　숫돌에 가슴에 슨 녹
　　말갛게 갈고 싶다
　　　－「숫돌」전문

이 시편은 시인의 내면에 흐르는 격정을 '숫돌'의 결기에 이입하여 은유한 결실이다. "어둠의 목"과 '숫돌 위의 달빛'이 아득한 대극을 이루는 장면이 먼저 다가온다. 시인은 달빛이 갈리면서 어둠의 목이 잘려 나가는 순간을 무심하게 바라볼 수 없다고, 그리고 무거운 마음과 가벼운 몸의 대극을 통해 다시 한번 아득한 삶을 떠올리면서 '숫돌'에 "가슴에 슨 녹"을 갈고 싶다고 노래한다. 이 오랜 '녹'은 그 자체로 삶의 상처들을 떠올리게 하지만, 어쩌면 그것은 우리 삶을 불가피하게 관장하는 어떤 운명적 요소와도 같은 것일지도 모른다. 그렇게 이동백 시인은 "주름진 나이의 껍질"(「나이를 갈다」)을 갈아서 "더러는 부드럽고/ 더러는 서슬 푸"(「삶의 자리」)른 삶의 문양을 사유하고 새겨간다. 일견 부드러운 감성을 결기 있는 품으로 바꾸어 노래한 것이다.

이렇듯 이동백 시인은 삶의 이법을 탐구하면서 가닿는 깨달음의 영역을 자신의 중요한 음역音域으로 들려준다. 군더더기 없는 정갈한 형식에 정제된 사유가 들어서 있는 결실을 담아낸다. 그 점에서 시인은 시조라는 양식이 한낱 외장에 그치는 것이 아니라, 대체 불가능한 최적화 양식임을 다시 한번 증명하고 있다. 근원적 질서에 대한 추구와 갈망, 인생론적 세목을 그 안에 파생시키는 구조를 거듭 취하면서 시인은 삶의 근원적 이법에 대한 곡진한 깨달음을 거쳐 '시간'의 깊이에 다다른다. 이러한 과정을 통해 존재 전환의 꿈을 꾸고, 그때 생성되는 영혼의 떨림을 통해 몸이 가벼워져 더 이상 붙잡을 수 없는 느낌을 우리에게 선사한다. 격정의 손길을 담고 있는 명인의 사유가 단연 빛을 발하고 있다 할 것이다.

3. 존재론적 기원에 대한 깊은 기억

원천적으로 서정시는 지난 시간에 대한 경험을 기억하고 구성하는 양식적 특성을 띠게 마련이다. 그만큼 서정시는 다양한 기억의 양상을 다루면서 우리로 하여금 삶의 원리를 따라 근원적 질서에 대한 상상적 경험을 치르게끔 해준다. 특별히 시조는, 스케일이 큰 우주적 상상력으로부터 소소하고 미세한 사물들의 움직임에 이르는 다양한 경험을 정형의 울타리 안에 담음으로써 이러한 서정의 원리를 한껏 충족한다. 또한 이른바 '충만한 현재형'에서 구성되는 순간적 정서를 경험하게끔 해준다. 그러한 질서와 원리가 정형 안에 잘 갈무리된 작품을 만남으로써, 우리는 해체 지향의 시대를 살아가면서도 잘 짜인 고전적 감각을 경험하게 되고 인간의 원초적이고 미분화된 정서와 통합적 삶의 이치를 궁구하게 되는 것이다. 이때 우리는 정형이라는 것이 자유로운 시상詩想을 가로막는 장애물이 아니라 그러한 형식을 통해서만 미학적 성취를 가능케 하는 불가피한 '존재의 집'임을 알게 된다. 존재론적 기원에 대한 깊은 기억을 통해 이동백 시인이 '존재의 집' 한 채를 지어낸 다음 작품을 만나보자.

해마다 아버지는 마당을 바르셨다
황토가 깔리는 날은 가을볕이 참 좋았다
흙 위로 갈퀴 같은 손이 수천 번 지나갔다

마당에는 즐목문토기가 어설프게 그려졌다
숨길 수 없이 흉해진 아버지의 손금이었다
그 손금 우묵한 곳으로 푸른 별이 쏟아졌다

내 발자국 커가는 걸 받아낸 마당 위에서
아버지는 긴 세월을 거칠게 살아냈다
마당은 구부정하게 살아온 아버지의 목숨이었다

-「마당」전문

아버지에 대한 또렷한 기억은 '마당'이라는 구체적 공간을 통해 떠오른다. "해마다 아버지는 마당을 바르셨다". 시인은 황토가 마당에 깔리는 날의 가을볕을 살갑게 기억한다. 황토 위로는 아버지의 "갈퀴 같은 손"이 수없이 지나갔다고 기억되는데, 어느 날 마당에 "즐목문토기가 어설프게 그려"진 것이 아닌가. "숨길 수 없이 흉해진 아버지의 손금"이 황토 위에 선명한 자국을 만든 것이다. 그때 손금 우묵한 곳으로 쏟아진 '푸른 별'은 어쩌면 아버지의 삶이 소진해 가는 과정을 지켜본 어떤 신성한 기운이었을지도 모른다. 그렇게 "별들이 서슬 푸르게"(「바람의 질투」) 돋아 아버지의 삶을 어루만져 준 과정을 기억하는 시인은, '마당'이야말로 어린 시인의 발자국이 커가는 걸 받아냈고 참으로 긴 세월을 거칠게 살아낸 아버지의 구부정한 목숨을 그대로 새긴 현장이었음을 기록한다. 그래서 시인은 '마당=아버지의 목숨'이라는 기억의 등식을 통해 "오래된 그리움 하나"(「오래된 동무」)를 그려낸 것이다. 비록 아버지의 "이승에서 마지막 남긴 숨결"(「아버지가 미웠습니다」)조차 알지 못하고 지나쳐 버린 회한의

시간을 품고 있지만, 시인은 가장 깊은 인생의 심연에서
"돌다리 건너오는 아버지의 마음자리"(「고등어」)를 향해
"뒷날에 채울"(「우체통을 추억하며」) 사랑을 고백하는 것이
다.

　다음은 '어머니'이다.

　　어머니 서역 먼 길 떠나신 지 사십 년
　　황혼은 추녀 너머 아스라이 짙어오는데
　　그 세월 돌아보나니 갈피마다 한이어라

　　어머니 가신 그 길 우두커니 우러르니
　　살짝 여며가며 자으시던 물레이던가
　　저녁놀 고운 빛들이 그걸 한 채 짓고 있다.

　　어머니 하늘 다락에 나붓이 나와 앉아
　　실꾸리 두툼하게 물레를 자으시는가
　　구름이 해님 굴레에 시나브로 감기고 있다
　　－「노을 물레」 전문

　시인이 젊었을 때 돌아가신 어머니는 추녀 너머 아스

라이 짙어오는 황혼처럼 시인의 기억 속으로 천천히 찾아오신다. 그 짧지 않은 세월을 돌아보니 삶의 갈피마다 한이 맺힌다고 시인은 적었다. 어머니 가신 길에서 동시에 떠오르는 것은 다름 아닌 "살쩍 여며가며 자으시던 물레"였는데, 어쩌면 어머니는 하늘 다락에 나붓이 앉으셔서 지금도 실꾸리 두툼한 물레를 자으시는지도 모를 일이다. 그렇게 저녁놀 고운 빛이 물레 한 채 짓고 있는 순간, 시인은 어머니가 잣는 '노을 물레'를 아름답게 상상해 보는 것이다. 결국 이 작품은 어머니의 가파른 노동이 심미적 환각을 통해 새로운 그리움의 육체를 입어가는 장면을 노래한 것이다. 이처럼 시인의 기억 속에서 어머니는 늘 "먼 산을 바라보던 눈엔 낮달이 고여"(「어머니의 얼레빗」)있는 모습으로 계시고, 시인의 "연필 쥔 손톱반달에/ 어머니 눈썹"(「몽당연필」)이 어른거리는 추억을 뿌리고 계신다. 애잔하고 애틋한 심미적 형상이 아닐 수 없다.

아내와 잡초를 뽑으러
꽃밭에 나가 앉는다.
덩달아 사향제비나비
봉숭아꽃에 깃 접는다.

구름이 여우비 몰아
금세 지나간 뒤다.

사향제비나비 향기처럼
웃어대는 아내 곁에서
빗물이 내려앉은
꽃으로 손을 씻는다.
젖은 손 넘치도록 가득
꽃들이 피어난다.

손등에 피어난 꽃
아내가 뜯어내다가
나에게서 꽃 냄새
깊게 난다고 전해 올 때
내 가슴 깊은 곳에선
무지개 한 채 떴다.
－「꽃으로 손을 씻다」 전문

이번에는 아내와의 한 장면이 작품의 골격을 이룬다.
아내와 꽃밭에서 잡초를 뽑으며 시인은 '사향제비나비'

와 '봉숭아꽃'과 '여우비'의 화응和應 과정을 바라본다. 아내의 웃음은 "사향제비나비 향기"와 같고 시인은 그 곁에서 비에 젖은 꽃으로 손을 씻는다. 젖은 손에는 넘치도록 꽃들이 피어난다. 꽃밭의 향기와 시인의 마음이 하나가 된다. 그렇게 "손등에 피어난 꽃" 때문에 아내는 시인에게서 산뜻한 꽃 냄새를 맡고는 사향제비나비 같은 웃음을 시인에게 선사한다. 시인은 이러한 간결한 삽화를 통해 "마주 대고/ 사랑의 무늬 그린"(「작은 사랑」) 부부의 한 순간을 담아냈고, 나아가 "고단했던 하루를 닫아걸고 마주 앉아"(「굴」) 소박한 웃음을 나누는 아름다운 장면을 구성해 냈다. "숲을 뚫고 나온 빛이 얼룩을 남기는 사이"(「바람의 우체통」)에도 "변방의 하루 견뎌낸"(「그 여름의 쇠별꽃」) 이들끼리의 위안과 사랑의 무늬가 물결치는 장면인 셈이다.

원래 '기억'이란 과거의 사실을 향하는 것이지만 시인의 기억은 현재적 삶을 지탱하면서 이끌어가는 어떤 심연이자 원형으로 각인되어 간다. 그래서 이동백 시인의 기억은 살아온 날들에 대한 회감回感이자, 살아갈 날들의 근원적 다짐으로 작동한다. 시인의 격조는 자아와 타자, 삶과 죽음, 신생과 소멸, 만남과 이별의 경계를 가르고 통합함으로써 서정시의 미학을 한 차원 높게 완성해 가는데, 이번 시조집은 이러한 실물적 사례가 충분히 될 수 있을 것이다. 이처럼 우리로 하여금 삶의 궁극적 가치인 위안과 치유를 경험하게끔 하고 기억 속에 있는 존재론적 그리움을 한껏 발견하게끔 해주는 그의 시조는 침잠과 솟구침, 따뜻함과 서늘함, 피어남과 이울어감, 구심과 원심의 상상력을 결속하면서 아름답게 번져간다. 그리고 그 빛나는 순간의 집성集成으로 이동백 시인은 우리 시조 시단에 뚜렷하게 남을 것이다.

4. 깨끗하고 조찰하고 아름다운 삶을 살아가게 하는 근원적 힘

다음으로 강조할 수 있는 이동백 시조의 자장은 자연 사물에 대한 신선한 감각과 다양한 공간으로의 여행 경험일 것이다. 그는 자연 사물에 의탁하여 내면을 비유하는 단조로운 방식을 훌쩍 뛰어넘어 내면의 고갱이가 예리하게 빛나는 독자적 작법을 줄곧 보여준다. 형식적으로는 단단하고 구심적인 정형 미학을 견고하게 보여주는 이동백의 시조는 서정의 높은 격과 너른 품을 깊이 각인하고 있는 것이다. 또한 그는 서정의 원리를 산문적 의미로 단순 환원하지 않으려는 일관된 자의식을 통해 삶의 고유한 실존을 표상하면서도 일관되게 그것을 가장 근원적인 시간으로 되돌리고 있다. 이러한 균형 잡힌 자의식을 통해 시인은 모든 신성한 것은 삶의 구체성과 만나 '시적인 것'을 이룬다는 사실을 다시 한번 증언한다. 또한 우리는 다양한 삶의 모습 속에 숨어있는 신성한 것들에 귀기울일 때, 지상에서의 힘겨운 삶을 견디고 치유하는 시적 경험을 하게 된다. 그렇게 이동백의 시조는 보이지 않는 것들의 가치와 파문에 대해 자신만의 육성을 들려주고 있다. 다음 작품을 한번 읽어보자.

밤을 새워 고비사막에 팔월의 비 내렸다
낭창낭창 게르 위를 밟고 가는 빗소리
별에도 사랑 있거니, 저리 서로 속살거리겠지

초원에 고개 내민 양귀비꽃 젖은 귀에다
별들의 사랑 애기 들려주고 걷다가
발길에 걸린 지평선 빗속에서 바라보았다

그러한 아침일 뿐, 그건 정말 우연이었다
모래펄 사이에서 잔돌들이 반짝이더니
이윽고 수천의 별로 솟아오른 게 말이다
  –「사막의 별」전문

  그동안 '사막'의 이미지는 대체로 불모와 폐허의 세계
를 은유해 왔다. 누군가는 이러한 불모와 폐허의 세계로
부터 탈주하고자 했고, 누군가는 그 불모의 세계 안에서
남다른 견인과 고독을 노래했고, 또 누군가는 그곳에서
역설적인 근원적 질서를 발견하기도 했다. 더러 그 안에
서 '미美' 자체를 표현하려는 탐미주의적 자세를 보여주
는 경우도 있었다. 이동백 시인은 '사막'이라는 불모의 현
장에서 '별'이라는 낭만적이고 신비로운 심상을 꺼내 온
다. 그 '사막의 별'은 밤을 새워 고비사막에 내린 8월의 빗
소리와 함께 낭창낭창 게르 위를 밝혀주었을 것이다. 시
인은 별에도 사랑이 있다고 믿으면서 그네들의 속살거림
에 귀를 기울인다. 지평선 빗속에서 들은 별들의 사랑 얘
기는 그렇게 모래펄 사이에서 반짝이는 잔돌들이 수천의
별로 솟아오른 순간으로 몸을 바꾸어간다. 이역의 초원
에서 빛을 뿌리는 별의 심상이 퍽 이채롭다. 이러한 순간

은 "가파르기 이를 데 없는 산"(「차마고도 1 – 설산의 빵차 운전기사」) 같은 자연 공간이나 "수이푼강에 뿌려진 유골의 내력"(「수이푼강 가에서」) 같은 역사나 "늙은 길은 걸어온 삶이/ 사랑"(「늙은 길」)일지도 모를 인생이나 "서역 가는 그 길"(「매안마을에서」)처럼 근원적인 차원을 모두 아우르는 것일 터이다. 우리는 이러한 시인의 경험적 도정을 따라 "그리매 그 깊은 곳에 꿈 한 채"(「학가산 단상」) 지으면서 "마음 놓고 지천으로 피는"(「마라도」) 것 아니겠는가.

하느님이
푸른 칼날로
구름을
깎는다.

구름이
가늘게 깎여
문득
연필이 되어

지상에

동그란 소리를

자작자작

쓰고 있다.

　－「비」전문

팽나무 머리 위로 비 내리는 봄날이었다.

햇살이 지은 그늘 하얗게 남겨지고

팽나무 테두리 밖으로

비 그늘 내렸다.

죽순처럼 열기가 돋아나는 여름날이었다.

더워서 헉헉대는 수분 칠 할인 몸으로

비 그늘 수천을 맞는 꿈

땡볕 속에서 꾸었다.

　－「비 그늘」전문

　이동백 시인은 비가 내리는 순간을 "하느님이/ 푸른 칼날로/ 구름을/ 깎는" 것으로 은유한다. 그러니 가늘게 깎인 구름이 '연필'이 되어 "지상에/ 동그란 소리를/ 자작자작/ 쓰고 있다"는 비유를 불러오는 것이 아니겠는

가. 그렇게 '비'는 "지난밤 꿈에 젖어드는 홀어미 마음 같은"(「복사꽃」) 소리를 사각거리면서 지상으로 내린다. 어쩌면 그것은 "얼음장 깊은 곳에선 마음 설레는 것들"(「해동, 그 무렵」)이 마침내 "얼음 깨뜨리고 우화한 소백의 소리"(「소백의 소리를 밟다」)처럼 찾아오는 것인지도 모른다. 그런가 하면 봄날의 '비 그늘'은 "봄비에/ 꽃눈 튼 매화"(「봄비」)처럼 찾아온다. 팽나무 위로 비 내리는 봄날에 햇살이 지은 그늘을 발견한 시인은 "겨울을 건너며 다스린/ 내 소슬한 떨림"(「아픈 봄날」)을 거기서 바라본다. 또한 "죽순처럼 열기가 돋아나는 여름날"의 비 그늘 꿈을 꾸기도 한다. 이러한 상상 역시 시인의 "품이 참 맑은 까닭"(「학가산 단상」)에 가능했을 것이다.

우리는 잘 쓰인 서정시를 통해 현실에서는 불가능한 존재 전환을 도모하게 된다. 그리고 일상 현실에서 벗어나 전혀 다른 새로운 차원으로 이동하려는 꿈을 꾼다. 비록 순간적이지만 새로 펼쳐진 시공간에서 이루어지는 그러한 경험은, 상상적 확장을 통해 다양한 사물이나 풍경으로 그 권역을 넓혔다가 다시 자기 자신으로 회귀해 오는 과정을 밟는다. 근본적으로 서정시는 시간 경험의 회상 형식으로 쓰인다는 점에서 이러한 과정을 가능하게 해준다. 그래서 우리는 서정시와 시간이 불가피한 서로의 원질임을 확인하게 되고, 서정 양식의 하나인 시조의 근간이 지난 시간에 대한 섬세하고도 일관된 회상 형식에 있다는 것을 알게 된다. 원형적이고 훼손되지 않은 그 기억이야말로 이동백 시인으로 하여금 깨끗하고 조찰하고 아름다운 삶을 살아가게 하는 근원적 힘이며, 이러한 지속적인 그의 치유와 긍정의 시조 미학은 인간의 근원적 존재 형식에 대한 탐구 작업으로 끝없이 이어질 것이다.

5. 현대시조의 격조와 깊이

두루 알다시피 시조는 비교적 안정된 시상을 정형 율격에 담는 전통적 시 양식으로 이해되어 왔다. 그래서 시조 안에는 화해의 정서가 담기는 것이 가장 어울려 보이고 그것으로부터 일탈하는 정서는 대개 불편해 보이는 것이 사실일 것이다. 그만큼 우리 현대문학사에서 시조는 불화보다는 화해, 낯섦보다는 낯익음, 갈등보다는 통합 쪽으로 중심을 할애해 왔다고 해도 과언이 아니다. 그런데 우리 시대가 이러한 화해와 낯익음과 통합보다는 다양성과 아이러니가 주류로 기능하는 복합성의 시대인 만큼, 자연스럽게 우리로서는 현대시조의 한계에 대한 의문에 봉착하게 된다. 말하자면 지금처럼 복합성이 고도로 얽혀있는 시대에 현대시조가 가질 수 있는 미학적 가능성에 대해 생각하지 않을 수 없게 되는 것이다. 우리는 해체와 탈근대의 기획과 실천이 한바탕 쓸고 간 뒤에도 현대시조가 정형적 한계와 가능성을 적극적으로 경계하면서 '절제'와 '균형'의 미학을 벼리는 시인들에 의해 다채로운 미학적 변용을 이루어낼 수 있다고 생각한다. 이러한 믿음을 이어가면서 우리는 서구의 미학적 박래품에 대한 적극적인 실천적 항체로 시조를 발전시켜 가야 할 것이다.

좋은 시조 작품은 완미한 정형 양식 속에 우리 시대의 복합적 현실을 순간적으로 드러내면서도, 우리로 하여금 상상적 대안 질서를 경험하게끔 해주는 데서 가능해진다. 그러한 작품은 한 걸음 더 나아가 꿈과 현실의 접점을 풍요롭게 드러내는 기능을 떠맡는다. 그것은 우리를 둘러싸고 있는 불모의 현실과 그것을 견디고 치유하려는 꿈 사이의 긴장에서 발원하는 신생의 기록으로 나타난다. 우리 시조는 이러한 꿈과 현실 사이의 긴장과 균형을 자산으로 삼아온 역사를 가지고 있는데, 우리가 이러한 긴장과 균형을 벼려가는 언어를 소중하게 바라보는 것도 이러한 흐름이 우리 시조시단에 지속적으로 이어져야 한다는 판단 때문일 것이다. 우리는 이러한 정형 미학의 정점에서 휜칠하게 피워 올린 이동백 시인의 감각과 시선과 기억, 그리고 깨끗하고 조찰하고 아름다운 삶을 살아가게 하는 근원적 힘으로 감싸인 작품 세계를 일별해 보았다. 완미한 고독으로 빛나는 미학적 성층을 통해 격정의 손길을 담아내는 명인의 사유를 만나보았고, 존재론적 기원에 대한 깊은 기억을 통해 우리 시대를 역류하여 새로운 미학적 대안 역할을 할 가능성을 아름답게 관찰해 보았다. 그 점에서 이동백 시인이 보여준 이번 시조집의 격조와 깊이는 심층적 사유와 기억이 건네는 정형 미학의 한 정점으로 남게 될 것이다. 이러한 세계를 품고 있는 이번 시조집의 출간을 축하드리면서 이동백 시인의 미학적 진경進境이 시간이 갈수록 더욱 빛을 더해가기를 마음 깊이 소망해 본다.